JN001243

推しとショボンヌ

蒼井杏

推しとショボンヌ＊目次

推しとショボンヌ

にしびとはちみつ

うけとめるぜんめんにしびのＵＶのだんだんきおくを弱毒化して

じゅうたんのさとうはグレープフルーツのうえからしたにおちた　あのなつ

背表紙が背の順にならびうつくしくきおくのひざをおりまげている

おなまえをよばれるまでをまっていたおとなしいへやにあふれるWi-Fi

いもうとがオーロラとよんだカーテンのレースのきおくをてなずけている

はるかなる音信不通のあのなつを背の順にひとつひとつしずめて

うまれたひきょうだったよねおめでとう　はちみつのようなにしびのへやから

やわらかいけもの

わたくしの熱いところにふれたみず　耳から世界をゆるしてゆくの

太ももにきのうの胸をひきよせてひだり足からむすぶくつひも

吊りかわの穴に手を入れすこしずつ卵母細胞うしないながら

コンタクトレンズはそれでもくっついたままでえらいね　もろもろながす

へ音記号みたいに朝をうつむいて自分の影を見つめている猫

はなびらのかぶさるみずをふんでゆくびーあんびしゃすびーあんびしゃす

夕ぐれのアルトリコーダー組み立てて指紋でふさぐやわらかい闇

チャックシールぴちぴち鳴ってたましいのいっぽんみちをおもうのでした

ゆうがなあまみず

優雅だとあのひとがおもいますように日傘の軸をたもつ垂直
なべはだにまわすしょうゆのなんどでもあかるいかこをたどっているの

ぬくめずにたべる白米どこまでもうつむいたままのあの日がうるむ

しばらくはとらわれたままかたむいてきみのあかるい屈折を聴く

まだらかもしれなくて蝶ひらひらとわたしの起伏をよぎってゆくの

靴底でにじってミルクティー色のこんとん／あまみずてのなるほうへ

たましいをきれいなかぜにのせてゆくわたしのせぼねにわたしをたくして

でんしおんのことり

かんぺきをひからせてまどというまどがいっせいにそらをこばむゆうぐれ

かたそうなでんしゃを　みおくる　もうわたし　ことりはでんし　おん　だと　しってる

＊じゃないか　っておもわず夢で、わたくしは、朝で、見事な遠足びよりで、
たいりょうのあまつぶがまどでこまってる　きょうだったっけな、はっぴーばーすでー
でしょうねといちいちくだけるあまつぶの音からわたしのさかなをにがす

いつのまにいりくんだみち　のびてゆく日足にマーメイドラインゆらして

なでがたのひげきとなづけてなんどでもあの夏をすべりおとしてゆくの

かさぶたのしたのぴんくのまっさら、またはきまじめな紅茶

おもたいとあったかいとをかんちがいしたかったんだとつくづく、　月夜

原点にたちもどったりするひつよう　ひがさ　まなつの切先として

傘に風　メアリー・ポピンズ　いっせいにうらがえりたがるわたくしの骨

かさぶたのしたのぴんくのまっさらなひふにもあるんだ、ばかだな、けあな

まかせとけ　ってやくそくみたいになつかしい夕日に立つから、ほんぽうしてね

夏空をなんども転調する蝶のぜんぜんわるぎはないんだ　まいんど

あの夏がいつか黒歴史にかわる（うん　わごむ）、　きみにねらいさだめて

みなぞこのオリーブたちのレリーフのなんどでもここにくるから、　あきぐち

きまじめな紅茶みたいにさらさらのまなじり　きっと、ありふれないでね

可愛い樹形

とうとつな　いいえ、いちれんの伏線としての秋口小雨決行

はずがなく、だからたのしくねじったりなじませたりするきおくのあのひと

エコバッグたたむみたいなすじみちを、だいじょうぶっておしこんでいる

とおざかるこころづもりを／はなやかな流水音のはてのせかいを

おおいよね可愛い樹形あのひとと金木犀のきおくがなごむ

とりなしてくれませんでした　さくらって葉脈までも紅くなるんだな

みにゅ　こみにゅ　あのひとはとても長けていてはちみつでえがくうずのじわじわ

おくびにもださないそもそもおくびってなに／あのひとをすくえなかったな

てにつかず火曜日の底にうつぶせてメガネケースにめがねのふざい

あまつぶがいきなりななめにはしりだす／うわごとみたいなかぼそい約束

金木犀可愛くでくわしますようにおねがいひとつをはおる十月

さんざめく

さんざめくかいわい　わたしはみぎみみによこがみをかけてすずしげでいる

ピロティの冬の円柱ざらざらと　かぜにまえがみあそばせながら

しゅうまいにみっしりの肉　あのひとのゆびにからしの袋はちいさい

ここでぱきっ　とわれるまえがみさんぼんのゆびでつまんだなんどもなんども

いやそうじゃないんだけどな　山茶花をさざんかとよんでなめらかなふゆ

いやがおう　ってどう書くんだっけねーねーと、あの冬のきみにかたむいてみる

かかかかわり　だだだだいなし

いっぺんにあおざめるゆめ　ひきしおのシーツのあさにほうりだされて

みずたまのはねたあぶらのかたぶらのじわじわと春、やむをえなくて

サリーとアン　かかわらないできたことの傘まざまざと雨にたむけて

あとあじをひきずりながら　てのひらで消毒液を連打しながら

わたしとはいっしょうかかわらないひとのキューティクル春にきらめいている

乾杯に完敗の意味を掛けていて　賭けていて　欠けていて　うん、まうえに月だ

あまんじてちいさいふこうをなじませる　ねざめ　ちっともわるくないでしょう

うしろめたいですよね春はとうとつにぬるくあかるくまとわりついて

さきのばししている春のやくそくをまたぐおうだんほどうのしましま　ほらね

ミシン目のさいごのさいごでしくじってだいなしにする春のやくそく

６Ｐのチーズのきれいな六等分　ひきあてられずにごめん、うんめい

既読にはいっしょうならない／んだろうな／くもひとつなくあおざめた空

推しとショボンヌ

だとすればやっぱりあれはたましいのおきいし　ぬれたらひかる、そりゃあね

ひとかどの　なれなかったなたんぽぽのしゅっとしたくびをちぎればねとねと

にがむしのむかしむかしをさけている　やっぱりねって早熟バナナ

あるくたびへしあっているメタリックキーホルダーのせなかの推したち

あのわたしすみませんつぎで降りるんですオーラをいまから出すからみてて、ショボンヌ

におうだちでいまおりたてばわたくしの推しのうしろでしまってゆくドア

やすらいでくださいどうぞごかってに　不貞腐れるってすごいじづらだ

もみくちゃの朝から推しをまもりぬいたわたしがとおりますよ改札

じゅうえんだまそらにほうってうんめいを　んなわけないっしょいくよ、ショボンヌ

ひれふす

でしょうねとうなずけばちるぼくとつなはなびらをかたにせなかにはりつけ

はなびらがひれふしているかわべりをあるくあたまのなかのあなたと

おぜんだてされてきらきらおちてゆく白日の下のわたしのふんすい

予定調和でしたかこれはさくらばな画像記憶をなんどもめくる

あっそういうかんじでしたか天罰のようにきらめくはるのかみなり

うつくしいあぶらのらっかこんなにも花、咲きたがってあなたはじゆうだ

うつくしい星図

たたずまいうつくしいもじ　ひがしずむ　なんどでもわたし転生するから

あっけなく　ですよねあなたの消息を　ぜんぶのファスナーあけっぱなしで

ぜったいにでくわさないからのびのびときおくをみがいていますかわべり

まなうらのめいめつまふゆのうつくしい星図のような約束をまつ

もうとじてこっちのアカウントにうつるかさぶたのいちぶしじゅうをなでて

あのひとをもうおえないのえだまめを外界へとおすことごとくおす

なんどでも咲くからたちまちかけよって元気だった?とはずませるから

いいかげんさめるよねってゆれながら口内炎を電車ではこんで

てんびんになんどもかけてねじふせる　自負　あの夏をまだらにしてゆく

もうあわないひとの達者を　ソプラノの蛇口にもろてさしだしながら

していないやくそく　らがんであるくふゆ　にているひとをぜんぶゆるして

アイコンをかえたのですね

ことごとくただしいおはなし　雨足がにぎやかにあさを横断してゆく

ダウジングしているみたいにめをつむり　なんでひかるんだろうな　きおくは

あぁそういう　ゆびのしおなめてうなずいてわたしだけしらなかったんだなって

でもなにもいわないでおく保護フィルムにむすうのきほうしろくにごって

おこたってぱさついたままのあの夏をいまでもぼうし目深にかぶって

アイコンをかえたのですね。とおいなぁ。クリアファイルであおいだあの夏。

あ、みぎて、ますかけですね　ぐうぜんをよろこんでいる　ひそか　ゆうぐれ

つまようじにきをつけながらわりばしのふくろをちいさくたたむ　あきぐち

みだれみが深い

ほくろかなかさぶたかなってこするときのやさしさで夏の予感をだます

ペットボトルのみずゆれていててばなしたあの夏をいまもみだしつづける

おきかわりほろんでゆくほうのむかしの　せいいっぱいの　なつくさのみち

あさがきてこれがのぞんだ結果だとトーストにジャムおしつけている

ちらちらとみなもかがやくおだやかなしっしん・せなかの・なぞの・むすうの・

くしゅくしゅのティッシュみたいにさく花をみているせかいはなんてイライラ

ささぶねのようにながした雑魚だからかなしいのかもしれないねって

ふるさとにおとすわたしのたいせつなあしあと　むろん　ろぐあうとして

おちるばしょえらんで夏のかみなりはひとすじに空をうらぎってゆく

全方位はりつめたみずがいっせいにふるえるひりひり窓にすがって

そうやってしずかにわたしのうちがわをみだしていった声　うらがえる

みずをだす

ほらねってささやく　あさのせんがんのりょうてでうける　みず　だしっぱなし
はぶらしをくわえてみずをだすときの　どうどうと　みず　もったいない　ね

ほとばしる　みず　いきおいはとめられない　で　いいのかしらね　夏至　あかるいね

きたいどおりにきえなさい

出会わないための努力をつみかさね、はしゃぐ。陽ざしがふりそそぐみち

玉石が混交している　でもひかる　ひかるところにかげはあつまる

やむとしてみなされた雨がいっせいにきたいどおりにきえてゆくのを

わたしかもしれなくてへそが熱くなる　雨いっせいに傘をたたいて

地上からもちこんだ雨でぬれているここはじわじわあかるい経路

ゆめでみたしっぱいこんなに音の無い春のひかりがぴゅあでおもたい

はるがきて前髪のうえに空をのせそよそよ忘れてしまうよぜんぶ

つつがなく忙殺でしょうそれでいい　つつじみっしり咲いている道

いっせいにつつじが蝶を呼んでいる春だものひょっと出くわすかもね

あかるくひねる

かわせみのラベルの水をつくづくとたたせておもいどおりはたのしい

ペットボトルの水こきざみにふるえてる　これからわたしにとりこまれる水

素手で飲みペットボトルをくびらしてかみさま、にどとはしゃぎませんから

すみわけて水のボトルをべきべきとあかるくひねる夏のかわべり

だいじょうぶさいしょの答えで合っている確立　プルタブから噴き出る泡

わたしからたちのぼる熱がひかえめにくさい　たこ足にあやまりつづける

的中って、とつぜん孤独。水音は、水のここからいなくなる音。

おとなしくだれかのモブキャラ演じたりしているわきゃーねーだろねえさん

星のクッキー

むかんけい　だからやさしい　脱衣場の鏡がたちまちわたしで曇る

そして湯船、からだに芯があったことを春になったらわすれてしまう

これはつもるゆきだときみのまぼろしがあとからあとから肩にうなじに

全方位チャイムの降ってくる駅でみうしなうかれのせいねんがっぴ

天板に星のクッキー　おとろえた頃にばったり出くわしたり、　ね

ちぢんだりのびたりしながら学校のチャイムがわたしに届くまひるま

つやつやと晴れたまふゆのまんなかにぽっかりわたしを落としてしまう

ブルゾンのチャック首まであげながらたちのぼらせるわたしの麒麟

靴下を袋小路のようにはく　いつか逃がしてあげるね人魚

ひらきぐせつけなおしている楽譜からひとひらの冬がこぼれていった

すごい数の星を背負って飛んできたてんとう虫を信じているよ

口数を記入するときふりむけばいちまいの沼にむすうのさかな

ゼムクリップみたいにかがんでゼムクリップをひろうかがみのあちらとこちら

切手シート当たったことを伝えたりしない未来を選ぶのでした

キッチンの水道水のごぶごぶと白昼わたしこんりんざい、もう

さいばしで麦茶パックをやかんから遠い世界へ持ちあげてゆく

天からの二物さぞかし　とりあえず目礼をぜんぶ置いてゆくから

大根にうすい十字の切りこみを　どうかきみ、ながいながいスパンで

やればできるこ

カレンダーのＰＰ加工冷えていてわたしはどこできみの偽善者

ストローをさす牛乳のあんぜんな風のうわさはとてもおいしい

さいしょから　いいえ　雨ですね　反時計まわりにチーズの６Ｐをむく

わたしここまえに来たこと　いや、ないな。横髪、くるったみたいにはりつく。

春風をまえのめりにいくはなびらにきおくつぎつぎひけらかされて

にんじんの葉っぱみたいに楽しいです　じみに　じみちに　やればできるこ

いっぽんの世界樹として傘を持つわたしの中の雨がやまない

まだなにを期待していてクリップが吸いついてしまう鳩目の釦

左様ならしかたがありませんねってマーガリン朝の縦横無尽

いっぽんのたるんだロープのむこうがわ　あの夕立はあかるかったね

ラミネーター互いの家にあることの奇遇をよろこぶいっときでしたね

蒟蒻に浅い鹿の子を入れながらいっそさいのめ、あばきたかったよ

もとどおりたためなくても新聞はいくつものとてもやさしい用途を

かんぺきに待ちませんから壁じゅうのコンセントたちをぬいておやすみ

post card

恐れ入りますが、
切手をお貼り
ください

810-0041

福岡市中央区大名2-8-18
天神パークビル501

書肆侃侃房 行

フリガナ
お名前　　　　　　　　　　　　　　　　男・女　年齢　　　歳

ご住所　〒

TEL（　　　　）　　　　　　　　　ご職業

e-mail：

※新刊・イベント情報などお届けすることがあります。　不要な場合は、チェックをお願いします→□
著者や翻訳者に連絡先をお伝えすることがあります。　不可の場合は、チェックをお願いします→□

□注文申込書　このはがきでご注文いただいた方は、**送料をサービス**させていただきます
※本の代金のお支払いは、本の到着後１週間以内にお願いします。

本のタイトル	円
本のタイトル	円
本のタイトル	円

愛読者カード

本書のタイトル

購入された書店

本書をお知りになったきっかけ

ご感想や著者へのメッセージなどご自由にお書きください

※お客様の声をHPや広告などに匿名で掲載させていただくことがありますので、ご了承ください。

◀こちらから感想を送ることが可能です。

書肆侃侃房　http://www.kankanbou.com　info@kankanbou.com

足の爪ぬらないひとがこのなかにまじっててつまりわたしでごめん

違いますわたしの斧は　目が覚めたことをはしょればおしなべて善

夏のあくび

ほころびてゆくものたちをうなずいてピオーネの房をばらばらにして

前髪はどうしますかとかしずかれどうしよう雨に囲まれている

本日も枕の中のなんまんのパイプをゆする　百日紅の窓

かみころす夏のあくびのピーエムの受信できそうだったのに、な

ポケットのうちがわでゆびをつっぱってせいいっぱいのヨットだわたし

うらうちを　シャツのボタンをひとつずつ遠浅の胸に戻してゆくの
名付け親みたいな顔で野球帽夏のわたしにかぶせっぱなしで

こまいぬ

していない約束を守る律義さでこまいぬ、夕立はじきつづけて

うわばきをすのこに落下させながらもう長いこと見てないな、海

あのひとのいない場所でのあのひとの話題はすてきクリーミィな泡

円という不自然　いちずにつぶされてホースのむこうのきらめく真水

うつむけば背骨うえから冷えてゆき見てよいちばん祈りに近い

首のボタンはずしてくるしい水を飼うわたしの胸を知らないでしょう

むこうぎしの神話くずれて立ったままポプリンを夏の半分に裁つ

仮想敵みたいにかかえるオレンジのファイル／鼓動はぜったい見せない

きれいな飛沫

ご縁とかたぶんもうないこのまちで、わたし生きてく。ＵＶ浴びて。

うなずいてレモンの断末魔をしぼる三日月、これはきれいな飛沫

夕立をおしわけて傘をひらいたり、　みちのり　鼓舞する準備はできてる

つきまとう水をはらって傘を巻き、　わたしの雨を終わらせている。

幸うすいこれは石鹼　この世からきえちまうまで尖りつづけて

わたくしの前歯の証拠をまつわらせ、チーズ　敬意をはらっているよ

葉桜がざわつく道を向こうから来るＴシャツに雨はりつけて

傘立てにまっすぐさした傘たちがおもいおもいの軸にかたむく

耳のかたちあらわにしながらしろたえのマスクのゴムをととのえつづける

プリンターのうえのねこの目とじてゆき世界中からわたしがきえる

きびきびともりあがるみずぶっちゃけの話がしたかったんだよさくら

遠慮なくストローの首をまげながらそうですねフェイドアウトは得意

かなわない熱量としてセロテープわたしのしもんをはりつけてゆく

春のふちわたしの海があわだって　これはあのひとの知らない貝殻

ひえピタのみずいろおでこにはりながら　ごめん　たばかりたかったゆうぐれ

およんでもこの期をたぶんレバミピドくちにふくんでたのしい朝だ

ご心配なくです鍵束歩くたびポケットの底で勝手にひかる

あらだてることなどなくて　かなだらい　じゅっぽんのゆびをしずめてゆすぐ

つまようじさせばわたしのものになるたこやき、　よってたかって前夜

出版目録　2022.10

おかげさまで
20周年！

書肆侃侃房
Shoshikankanbou

月面文字翻刻一例

川野芽生

本体1,700円＋税　978-4-86385-545-

誰もが探していたのに見つからなかっ
お話たちが、こうして本に育っていたの
みつけたのは、あなた。──円城塔

第65回現代歌人協会賞を受賞した歌集『Lilith』
ど、そのみずみずしい才能でいま最も注目される
人・作家、川野芽生。
書き下ろしの「天屍節」など全51編を収録した待
の初掌編集。

Turn! Turn! Turn

東山彰良

本体1,600円＋税　978-4-86385-541

直木賞作家の最新エッセイ集。
いつかは自分だけの一文に出会える。
まずは求めよ。話はそれからだ。

小説と旅は似ている。物語を突き動かすのは葛藤だが
旅だってそうだ。私たちは、自分では処理もできなけれ
理解もできない衝動に突き動かされて最初の一文、もし
は最初の一歩を踏み出す。魂に抱えこんだ葛藤をどう
かなだめるために。小説と旅がこれからの私を定義し
いく。今回はその手始めだ。（本文より）

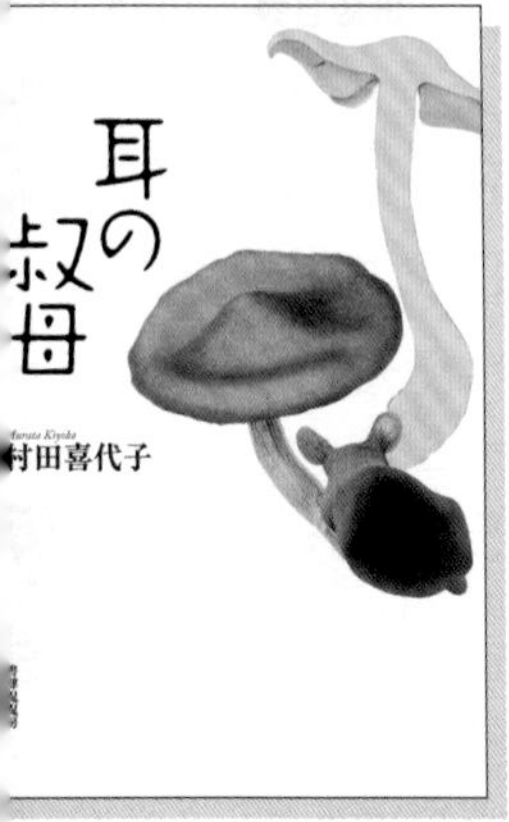

耳の叔母　村田喜代子

本体1,700円＋税　978-4-86385-547-2

怖れと闇と懐かしさ
ムラタワールドの「短編愛」

短編はコロコロと手の上で転がしながら考える。
うまく芽がでてすくすく伸びると、やがてひとつの
「話」がひらく。
芥川賞作家、村田喜代子の選りすぐりの短編8
編を収録。
美とおののきの短編アンソロジー。

女の子って、夜見るとなんだか気味悪いな」とつぶやいた。蛍見物の人の群から離れて、わたし達は明滅する火に囲まれていた。それらの火は、わたしが「消えろ」と心に思うと消え、「点いて」と思うと本当に点くような気がした。わたしは沢山の蛍を従えて、タケオの前に立っているのだった。「あたしがこわいの？」（「流れる火」より）

モトムラタツヒコの読書の絵日記
モトムラタツヒコ

本体1,500円＋税　978-4-86385-550-2

「書評ではない。絵日記である。」

2018年よりスケッチブックに描き続けた読書の絵日記。手描きイラストと手書き文字で、本の虫こと、モトムラタツヒコが、紀行、エッセイ、外国文学、落語、プロレス、絵本など、むさぼるように読んで描いた！
2018～2022年までに描いた読書の絵日記、全106作品を収録

anKanTrip Japan 11

日本全国タイル遊覧　吉田真紀

本体1,900円＋税　978-4-86385-544-1

祝・タイル名称統一100周年！

まちを歩くとタイルに出会う。素敵な空間にはタイルがある。
珠玉のタイルを探しに、旅に出よう。
北海道から沖縄まで、全国をめぐって集めた偏愛タイル46選

赤の自伝　アン・カーソン　小磯洋光訳

本体2,200円＋税　978-4-86385-539-7

ノーベル文学賞最有力とも言われるアン・カーソンの代表作。

怪物と英雄が恋をした。言葉が存在を解放する。
古代ギリシアの詩人ステシコロスが描いた怪物ゲリュオンと英雄ヘラクレスの神話が、ロマンスとなって現代に甦る。詩と小説のハイブリッド形式〈ヴァースノベル〉で再創造された、アン・カーソンの代表作ついに邦訳。

雨に打たれて　アンネマリー・シュヴァルツェンバッハ作品集

アンネマリー・シュヴァルツェンバッハ　酒寄進一訳

本体2,000円＋税　978-4-86385-540-3

山崎まどかさん推薦！

1930年代、ナチスに迎合する富豪の両親に反発し、同性の恋人と共に中近東を旅したスイス人作家がいた。同じように世界に居場所を失い、中近東に流れ着いた人々がいた。旅先で出会った人々を繊細な筆致で描いた、さすらう魂の吹き溜まりのような短編集。

現代台湾文学選3

愛しいあなた

劉梓潔著　明田川聡士訳

本体1,900円＋税　978-4-86385-546-5

何を書くか、どうコラージュするのか、その細かな取捨選択に宿る煌き。読みながら、自分が出会ってきたあらゆる愛しい人を思い浮かべ けれど、読み終える頃にはこの小説が、愛しいあなたになっていた。
――金原ひとみ（小説家）

『父の初七日』監督・脚本のエッセイ・リウ。映画の原作エッセイがベストセラーとなった作家の最初の短編小説集。初邦訳。

Woman's Best 15 韓国女性文学シリーズ12

終わりの始まり　ソ・ユミ 著　金みんじょん 訳

本体1,600円＋税　978-4-86385-538-0

恋の記憶、家族の記憶、残酷で美しい春の記憶。ソ・ユミは、私たち自身の傷と記憶を呼び覚まし、時の流れとは何かを伝えようとする。私たちはいつだって、人生の新しい章を始められるのだ。――櫻木みわ（小説家）

1970年代生まれの韓国女性作家、チョ・ナムジュ、ファン・ジョンウンなどと並び、韓国文学界を背負う一人であるソ・ユミ、待望の初邦訳。

株式会社　書肆侃侃房　@kankanbou_e
福岡市中央区大名2-8-18-501　Tel：092-735-2802
本屋＆カフェ　本のあるところ ajiro　@ajirobooks
福岡市中央区天神3-6-8-1B　Tel：080-7346-8139
オンラインストア　https://ajirobooks.stores.jp
kankanbou.com

メディアにぞくぞく出演！木下龍也の第一、第二歌集

鋭短歌シリーズ1

つむじ風、ここにあります

体1,700円＋税　978-4-86385-111-5

暮れのゼブラゾーンをビートルズみたいに
くたったひとりで

ンカチを落としましたよああこれは僕が鬼だということですか
販機のひかりまみれのカゲロウが喉の渇きを癒せずにいる
の死を米で包んでまたさらに海苔で包んだあれが食べたい

代歌人シリーズ12

きみを嫌いな奴はクズだよ

体1,900円＋税　978-4-86385-222-8

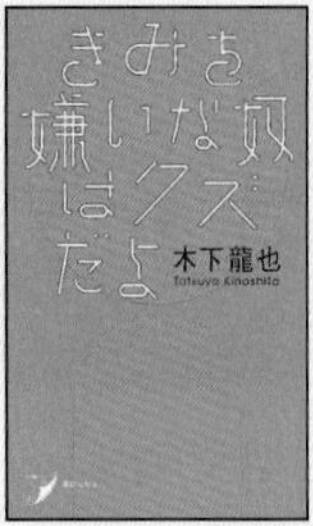

の歌集は余白ばかりで、言葉が寂しそうだ。それなら
っそ俺に下さい。曲を付けて音楽にしてしまいたい。
れ程に素晴らしい。——クリープハイプ 尾崎世界観

とがきに「ぼくを嫌いな奴はクズだよ」と書き足すイエス・キリスト

KanKanTrip Japan 7

長崎・五島　世界遺産、祈りが刻まれた島

江濱丈裕

本体1,700円＋税　978-4-86385-399-7

連続テレビ小説「舞いあがれ！」の舞台として
いま話題の長崎・五島！

かくれキリシタンに思いを馳せ、五島をめぐる——　五島列島
で生まれ育った著者が、島の日常や教会、歴史を紹介

ラジオからながれるカバライキンって何　今日もだれかの推しのバースデー

さかさまにスノードームをふりながら置かれた場所では声が遠いよ

かんなづき

金木犀よりそう記憶をおいはらう　いっしょうけんめいばかだった雨

うつむいたうさぎのかたちにむきおえてくぐらせているうすいしおみず

玉結びうまくできないはじめからわたしあやまる設定でした

かみさまのいないひとつきぱしゃぱしゃとほおをたたいてうるおわせるひふ

もういないひとの名前を音にして金木犀の夜にこぼして

処理をするわきのそよそよあのひとに手紙のような白い会釈を
大切なページにこぶしをおしあててなんどでもわたしひらかれてゆく

ちりぢり

ちりぢりになるねもうじき湯切りするぜんいんぶんのＵＦＯの夏

耳のあとしっぽが通るいちまいの夜の草原つやつやにして

みんなえらい。えらいよ金魚　ぷかぷかとわたしにできない呼吸で生きて

引き際についてずいぶん　ひらひらと両の手首にぬる練り香水

ぬぐったらはしからこぼれるくちびるのアイソトニック飲料の夏

かるい気持ち　おどろいた鳩がいっせいにまひるの空をたたきはじめる

ほだされない、でしたよあらゆる角度から奥歯でくだく麦茶の純氷

ゆびの骨とびはねて夏の鍵盤を　前世は兄妹だったね　きっとね

海由来

もうじきにいとなみますからパイプいす千をひらけば千鳴るパイプ

うらの文字あかるく透けてめくってもめくっても月、終着駅まで

お行儀のよい卵たちをひとつずつこわして朝をいためてゆくの

ほんとだねほんとだねってオキシトシンいっしょうけんめい放出させて

海由来の具にポットの湯のじゅわじゅわと重たい午後になるんだろうな

（友だちが）（しゅうしょく）（帽子）（つくるかいしゃ）ラジオ体操第一、跳べない

ふんわりとラップをかけてあたためてスプーンで午後をくずしてゆきます

綿棒をわたしの奥のその奥のべらぼうの夜にさしこんでゆく

わたくしが殺したのではない浅蜊およびムール貝入りパスタ

もっともっともっともっとだアンデスの塩のピンクをブルーム胡瓜に

花豆を煮る

どこへでもはなうた連れてだいこんと玉子を茶色にかえてゆく冬

パーカーのフードのこのこ重たくて万障おくりあわせできない

指を折り逆算をしてサイレンのちょうどわたしでゆがむ（気づけよ）

およびではなかった鳩がわたしから飛び立ってゆく真冬のホーム

いくつかの手順をふんで鍵盤にフェルトを（わたしがいなくなっても）

ひちひちと出窓に当たる雨つぶのだれもわたしに用事がなくて

赤いふたの魚のしょうゆを使い切るキッチンひどく息継ぎが下手

はらはらと冬のくぼみをうるませてコンソメスープをひとさじすくう

（そうだけど、かもしれないけど）袖口の釦をはめる手首をたてて

ふくらみのうすい双子をじゅんばんに　枝豆の産毛とてもくるしい

ほうら　ね　花豆を煮るやわらかくざんらざんらと砂糖与えて

むかしとったきねづかがじゃまつぎつぎと皿立てに皿を立ててゆきます

なんども山折りにして谷折りにしてゆくこの手でまっすぐに裂く

プルタブをてっていてきにねかしつけこわいものたちおいはらうんだ

貝の肉ほそいパスタにもつらせてもそもそ消化してゆく休日

ヒッタイトのほうからきたかもしれなくてたっぷりの水にひじきをひたす

そのとおりでしたわたしにつぶされたくつのかかとが海をめざして

玉ねぎのこれはアリシン、とめどなく蛇口の水はエルドラドまで

あら熱

あら熱をとる夏でした皿という皿にラップをはりめぐらせて
もうじきにそのとおりです煮える湯に法則のようにひろがるパスタ

ねぎリングほそくてうれしいあのひとはこのからくりに気づいてくれる

お湯かけてホチキスのせてラーメンのわたくしまでの紆余曲折の

うしろ髪ほどいたゴムを手首へとかけて本日業務終了

もうちょっと知りたかったな長い長い夜のはじっこひっぱって消す

プライドのおばけを逃がす珈琲の壜のキャップの音の鳴るまで

あ、あ、あ、こむらがえってゆく夜のだれもわたしに介入できない

しのわずり　ずいぶんここへくるまでの耳たぶのようにひかっている茶器

上様に領収書などを切るときのそういうペンの持ち方なのだな

あ、わたし階段でゆくねそれじゃあね　うらがえしてゆくまなつのえくぼ

天と地をたしかめてから押印を　おやゆびのはらをばらいろにして

玄関の魚眼レンズにちやほやとひかる世界の↓↓↓　帰ってください

卵液を手ばやくはしで切るようにつばさのことはもうわすれなさい

タラ目のメルルーサ科のホキ属のホキの衣のうつくしい昼

春のホチキス

ひとつぶのみずが耳から出ていっておもいだせそうだったんだけどな

ちくちくとこれはかみそりまけでありたいせつなひとにあいにゆきます

がんばってくださいなどと言われたり言ったりしながら穴まであるく

春の足ホチキスのように折り曲げて今日のぜんぶを床にちらして

うえ　した　みぎ　わかりません　を　くりかえし　わかられてゆく春のわたくし

（ああそうか）（すべてつながる）（わたしだけ）（ラーメンスープのわっか）（きれいね）

マーガリン黄色く溶けてゆく朝のあんな夢とか　春のせいだし

麦茶ってきれいねわたしゆびのかわむいてばかりのこどもだったな

採血のあとのちいさいましかくを春のどこかでなくすのでした

マジパンをさわったことはないのになあ　あれからずいぶん春、ひねくれて

でも数に勘定されてはいないのですおしぼりのふくろぱんっとやぶる

消しゴムをつかいおえるとき白くしておくことつまり、手紙なのだな

降ってるっぽいですねって、地上から3．5センチすのこのうえで

そして、黒歴史

この部屋のどこかに落としたわたくしの生ハム色の昼間のあくび

ひらいたりとじたりなんども封筒のアラビアのりをひからせている

ねるまえにそんなにも歯を　黒歴史ならわたしにもみっちりとある

このひともカリカリを猫にあげてから玄関の鍵を閉めたのかしら

ポケットはときどき楽器になることを（待ってくださいい、切符なら、今、）

重いこと　そしてたいてい青いこと　セロハンテープの台であること
わたしだけプリンがなくて目が覚める　おしっこがひどくなまあたたかい
そしてまたひかるせかいで自転車に空気がないことおもいだすのだ

毛布をかけておやすみなさい

牛乳で練ったビスケットのうらをすべすべしてゆく夜のわたくし

落としてもわれない鏡にちらばったひるまのえくぼをひろうのでした

のぞまれているわけじゃなくわたくしはすごいはやさでフードをかぶる

（そうじゃない、のにな）ちいさな発泡がどんどん星にかえってゆきます

一ぺんの食パンの耳のつるつるのとてもまよこにたしかめている

この鍵はだれかの指の味がする。わたしいつでもひざまずけるよ

まよなかがちいさくぬれておいでってよべばちいさなねこになります

ではみずうみであいましょう

はじまればおわるんだからひじかけのレバーをひいてしずむみずうみ

打刻してタイムカードの本名をみずうみのあおにふかくしずめる

くつぞことくつしたぬれてあしゆびのそろそろさかなにもどるのでした

うつぶせの落ち葉だけふむわたくしのクックロビンを逃がしてあげる

セロテープうえから貼ってじわじわと遠い名前がにじんでゆきます

キャスターを前のめりながらころがして足りない月をむかえにゆくの

両うでをミラーのようにおりたたむ　地球照ってひどくうれしい

スプーンの（コーヒーカップにたてている）ぜんぶのくぼみがわたしを向く夜

コーヒーをこぼして（これは、古い地図）おいで、わたしはちいさな湖畔

わたくしのぜんぶの羊にセロトニンという名を与える夜のおはなし

カタン糸まわりつづけて転寝の麦茶の氷はとけてしまった

そうなんだそうなんだってててんじょうのひくい森へと消えてゆきます

ポケットにゆびをひたして前髪のとてもむこうの海をみている

ぬばたまの黒髪ねむる針山のむかしむかしのおはなしをして

このあたり小骨の魚が通過してゆきますなんどもみずをのんでる

クエン酸第一鉄Naをくちにふくんで、 こさめのほとり

ちりちりとアルミ鳴らしてとりだして、 ぜひ今後とも晴れ晴れしましょう

えんどうまめ色のソファーでじゅんばんにひとさしゆびからうぶ毛をぬくの

下書きをペンでなぞればくせのあるななめの過去がはみだしてゆく

そちらへは行けないのですくびすじに日傘のほそいパイプをあてる

バーコードをふくむぜんぶの情報のシールをちぎるゆび、さくらいろ

ひにちぐすりですよねまみずのもりあがるコップにしもんの熱をあたえて

キャンディの銀のねじりをひとつずつほどいてちいさな雨がふります

きねづかが邪魔であるときでもだからさぞかしこれで満足ですか

ひとばんで黒点のふえてゆくバナナいやつまりだからそういうことだ

どのくらいわたしに興味がありますか。あらゆるくぼみの雨水ひかる

ばら売りをひとつすくえば玉ねぎはほとんど羽根を散らすのでした

ゆるゆるフリル

あ、そういう、わかりました　やわらかくスリープさせて引き継ぐパソコン

あとまわしにしますけれども泡の立つポンプでゆびのあいだを洗う

実体にともないはさみを水平に入れてゆきます消しゴムケース

でしょうねと帽子をよっつに折りたたみリュックサックにねじこんでいる

わたくしがいてもいなくてもおしぼりをまぶたにあててそしてひらいて

してないです。いまは、なんにも。雨の降るページにひとさしゆびをはさんで

夕ぐれの床に太ももはりつけてひどく点滅させたまんまで

いちびょう、にびょう、さんびょう数えて春雷をだんだんわたしにてなづけてゆく

おやゆびのつけねの小石つれてゆき結局つれてかえってきたの

猫と鼻かぎあいながら遠因をおもうのでしたまひるまの月

はちみつにつけたレモンのいちまいをその他おおぜいからうらがえす

そこですかそこでしたかって安心をすこししている前髪のうら

わたしから切り離されたままでいる日傘をとりにいってきますね

ずいぶんとささげたのになくつしたのフリルみたいなゴムのゆるゆる

筒の中しゃらしゃらと鳴る2Bのいっぽんだけが選ばれてゆく

ものさしを水平にあてて線を引く　へいき、これは通り雨だし

それじゃあねさっきのエレベーターに乗り天井の違う世界をめざす

ふたつきの飲み物ではない飲み物を持ち込んでわたしとても水平

耳と耳のあいだのひらべったい猫をさんぼんのゆびでなでつづけている

みずたまりにくつをぶつけててんてんとわたしの雨を逃がすのでした

珈琲時間

蒼井杏

いったことはないけれどずいぶんとおいところからやってきて中細挽きにされた珈琲豆と、
水道の水だけどいつかはきっと雲だったり海月だったりしたこともあるはずの水で、
いつものカップにいつものやかんでいつもの手順の通りに珈琲を淹れるのに、
どういうわけか毎あさ星占いのページを繰るように味がことなっていて、
いちばん美味しいとおもうのは、
くちに含んだときビターチョコレートの余韻のする味のときで、
そういえばむかしカカオ１００％の板チョコをたべたとき、
あれは粘土の味に近かったなとおもいだしたりして、
いったことはないけれどとおい砂漠をおもって、
珈琲にうつる天井のあかりをゆらします。

お元気ですか。

紙カップ入りの無糖の珈琲のゆれてもうじき到着します

いったことはないけれどとおいところでひかっているだれかのこころに歌がとどきますように。

■著者略歴

蒼井杏（あおい・あん）

2015年未来短歌会に入会。加藤治郎に師事。
瀬戸内海のほとりうまれ、ひとみしりな雨女。
第6回中城ふみ子賞、第57回短歌研究新人賞次席、2017年未来賞。
第一歌集『瀬戸際レモン』新鋭短歌シリーズ27　書肆侃侃房。

X @aoianaoian

歌集　推しとショボンヌ

二〇二三年十一月五日　第一刷発行

著　者　蒼井杏
発行者　池田雪
発行所　株式会社 書肆侃侃房（しょしかんかんぼう）
〒八一〇・〇〇四一
福岡市中央区大名二・八・十八・五〇一
TEL：〇九二・七三五・二八〇二
FAX：〇九二・七三五・二七九二
http://www.kankanbou.com　info@kankanbou.com

編　集　田島安江
装　画　まつざきしおり
装　丁　acer
DTP　BEING
印刷・製本　亜細亜印刷株式会社

©An Aoi 2023 Printed in Japan

ISBN978-4-86385-602-8　C0092

落丁・乱丁本は送料小社負担にてお取り替え致します。
本書の一部または全部の複写（コピー）・複製・転訳載および磁気などの記録媒体への入力などは、著作権法上での例外を除き、禁じます。